4/22

El papel utilizado para la impresión de este libro ha sido fabricado a partir de madera
procedente de bosques y plantaciones gestionadas con los más altos estándares ambientales,
garantizando una explotación de los recursos sostenible con el medio ambiente y beneficiosa para las personas.

Juana la futbolista
Que nada te detenga

Primera edición en Argentina: mayo, 2020
Primera edición en México: septiembre, 2021

D. R. © 2020, Evelina Cabrera

D. R. © 2020, Penguin Random House Grupo Editorial, S.A.
Humberto I, 555, Buenos Aires

D. R. © 2021, derechos de edición mundiales en lengua castellana:
Penguin Random House Grupo Editorial, S. A. de C. V.
Blvd. Miguel de Cervantes Saavedra núm. 301, 1er piso,
colonia Granada, alcaldía Miguel Hidalgo, C. P. 11520,
Ciudad de México

D. R. © 2021, Lu Lapin, por las ilustraciones

penguinlibros.com

ISBN: 978-607-380-588-9

Impreso en México – *Printed in Mexico*

Juana
la futbolista
QUE NADA TE FRENE

EVELINA CABRERA

Ilustraciones: Lu Lapin

Para todos los que juegan por la igualdad.
Con amor,
Evelina.

Hola,

Soy Florencia Quiñones y este libro que está en tus manos cuenta la historia de Juana, que como a mí, le apasiona el futbol desde muy chica. Tal vez a ti también te guste este deporte o alguna otra actividad que se te hace difícil concretar porque no confían en ti, te dicen que no puedes o te repiten que ésa no es tu mejor opción. Por todo esto me encantó conocer a Juana y me entusiasma que compartamos su historia. Porque ella es apasionada, sabe lo que quiere y, sobre todo, tiene la confianza suficiente para hacer realidad sus sueños, aunque a veces cueste un poco (o mucho) alcanzarlos.

Que nada te frene para lograr lo que deseas.

Que tengas una linda lectura,

Florencia
Exjugadora del Club Barcelona
y la Selección Argentina.
Capitana del Club Boca Juniors.

Capítulo 1

Juana canta bajito mientras mira su tablero de corcho. La cama, el piso, la mesa y hasta el banquito de tres patas están llenos de FOTOS, RECORTES, STICKERS y PAPELES DE TODO TIPO.

Además del sol que entra por la ventana y da de lleno en el espejo,

LO QUE MÁS BRILLA EN EL CUARTO ES LA SONRISA DE JUANA.

Su hermano le consiguió el tablero de corcho en la tienda donde trabaja. Aunque lo usaron un tiempo, está como nuevo. Y para ella es como si fuera un lienzo en blanco. Se siente un poco artista y otro poco una chica grande: por fin su recámara va a tener su toque personal, algo que verdaderamente le guste. Aunque la otra mitad de la habitación sigue decorada según el gusto de su abuela, con quien comparte el cuarto; al menos sobre su cama ahora sí habrá algo suyo. Un *collage* con todo lo que le importa.

Primero lo primero: **UNA FOTO DE ELLA Y SARA, ABRAZADAS Y MUERTAS DE RISA.** Ésa va en el centro, que es donde tienen que ir las amigas de verdad, las de toda la vida y para siempre jamás. Ésa es Sara.

A un costado, **EL PÓSTER DE SU CANTANTE FAVORITA.** Debajo, los **TRES BOLETOS CAPICÚA QUE SON SU AMULETO.**

Se los regaló su abuela, son de la época en que todavía no existían las tarjetas para pagar el pasaje. En la parte de abajo del corcho acomoda los RECORTES DE PERIÓDICO CON NOTAS SOBRE LO QUE MÁS LE GUSTA: EL FUTBOL. Arriba, LA FOTO QUE LE SACARON EN LA ESCUELA en la que está con la trenza de lado que le había hecho su mamá.

Juana se aleja un poco del tablero para ver cómo está quedando. También pone con un alfiler una FOTO DE LUPE, de cuando todavía era un pompón diminuto y llorón que acababa de llegar a su casa, y no el torbellino que es ahora. Le gustaría agregar algunos dibujos también... es buena dibujando. Podría hacer uno de un dragón. Le encantan los dragones... Interrumpe sus ideas de golpe cuando de reojo ve el reloj y se queda sin aliento.

🕐 ¡NO PUEDE SEEEER!
¡FALTAN VEINTE MINUTOS NADA MÁS! 🕐

—¡Abuela! ¡Vamos a llegar tarde!
—Hay tiempo de sobra, ¿o cuánto piensas tardar en prepararte para salir?

Juana suspira. Quería hacerse un peinado distinto hoy, tal vez un chongo bien alto... o dos colitas... se mira en el espejo, pero se resigna a que ya no hay tiempo. SE ATA EL PELO COMO LE SALE Y CORRE A BUSCAR LOS TENIS. Pero no están.

Debajo de la cama. Entre la ropa sucia. En el patio. Adentro de la lavadora. Arriba de la tele y abajo de los malvones. NADA. NADA DE NADA. LOS TENIS DE JUANA NO APARECEN.

—¿Qué perdiste, pichona? —pregunta la abuela mientras termina de empanizar las milanesas.

—Los tenis. ¡Los dejé aquí y ya no están!

—Siempre pasa lo mismo, los dejas "AQUÍ" y desaparecen. Ya te dije, hay un agujero negro que se come tus tenis cada tarde y los escupe al rato porque no se aguanta el olor a pata.

—No estoy para bromas, abue. ¡Si no salimos en cinco minutos no voy a llegar a tiempo!

—¿EN DÓNDE TE LOS QUITASTE LA ÚLTIMA VEZ?

—¡AQUÍ, EN LA COCINA!

—¿Y cuántas veces te he dicho que no puedes andar descalza por toda la casa? Después te enfermas y tu mamá se enoja conmigo.

—ES QUE ME QUEDAN INCÓMODOS... —susurra Juana.

La abuela la mira, seria.

—¿TE QUEDAN INCÓMODOS O CHICOS?

Juana pone toda la atención del mundo en las dos migajitas que quedaron sobre la mesa de la cocina y las hace rodar de acá para allá y de allá para acá con los dedos.

—¡Juana! ¡TIENES QUE AVISAR ANTES SI TE EMPIEZAN A QUEDAR CHICOS! ¿Qué tan chicos te quedan?

—Mmmm...

Por suerte, aparece Lupe meneando contenta la cola y las interrumpe. En la boca tiene una agujeta mordisqueada.

—AY, NONONONO... —ruega Juana—. Dime que no te comiste mis tenis, Lupe.

Orejas en alto, cola bailarina, Lupe la mira y gira sobre sí misma, dando saltitos. Está claro que se comió los tenis: Lupe está feliz. La abuela, en cambio, no. Todo el patio que había limpiado por la mañana, ahora está lleno de lodo. Y allá, al fondo, descubren por qué.

—Bueno, adiós albahaca otra vez... al menos encontramos los tenis "blancos" —dice la abuela, mientras los sostiene en alto. Están llenos de tierra y un poco mordisqueados.

Juana les pasa un trapo, pero es peor. Tendrá que ponerse los tenis sucios y lavarlos por la noche. Cuando se los va a atar, se queda con media agujeta en la mano.

—AYYYY, ¡NOOOO! —GRITA JUANA, LLENA DE RABIA. MIRA EL RELOJ... YA ES TARDE.

¡NOOOO!

¡NOOOO!

La abuela se coloca los anteojos, se arrodilla y le pide a Juana que ponga el pie sobre su pierna. Cuando le palpa la punta del calzado descubre que los dedos de Juana se hacen chiquitos para entrar. Con agujeta o sin agujeta, esos tenis YA NO LE QUEDAN.

—Tengo un poco de hilo de algodón. Lo trenzamos y te improviso una agujeta.

La abuela entrelaza el hilo mientras Juana desea poder detener el tiempo. El TIC TAC DEL RELOJ la pone nerviosísima. Pero su abuela es a prueba de prisas. Mientras intenta poner la agujeta "nueva", suspira.

—Juanita, esto ya no merece llamarse tenis. Olvídate del agujero negro: los pierdes a cada rato porque se van solitos, se escapan de ti porque se quieren jubilar.

Mientras se los pone, Juana esboza una media sonrisa. SU ABUELA TIENE LA HABILIDAD DE HACERLA REÍR INCLUSO EN LOS PEORES DÍAS. Sabe que tiene razón, que ya no dan más. Y los dedos le duelen al caminar. Pero no quiere que su mamá gaste el dinero en otro par, cuando lo que ella quiere que le compren es otra cosa.

La abuela guarda el mate y tres mandarinas, agarra el termo, la correa y las llaves. Juana espera impaciente en la puerta. Lupe, también.

—En la noche le digo a tu mamá que necesitas **TENIS NUEVOS**. O conseguimos quién te los herede o hay que comprarlos.

—ES QUE NO QUIERO TE- NIS, ABUELA. LO QUE YO MÁS QUIERO... SON BOTINES.

Capítulo 2

Juana corre. Lupe también. La abuela hace lo que puede. Aunque es joven, tiene paso corto y se cansa enseguida, así que se queda atrás y pega un grito cada vez que la distancia que las separa se hace demasiado grande.

El club las recibe como todos los martes y todos los jueves, con la puerta de rejas verdes abierta de par en par y el cartel grandote que anuncia:

CLUB SOCIAL Y DEPORTIVO NARANJO EN FLOR.

La abuela se acomoda en una banca de madera bajo el árbol que le da nombre a su "segunda casa". Al fin y al cabo, pasan más tiempo ahí que en su propio patio. Los socios más antiguos se pelean: UNOS DICEN QUE EL NOMBRE ES POR EL TANGO, OTROS QUE ES POR ESE ÁRBOL QUE NADIE SE HA ANIMADO A QUITAR Y QUE ESTÁ EN MEDIO DE LAS CANCHAS. Cuando florece, perfuma hasta el *bufet*. Cuando las naranjas están lustrosas y gorditas, los chicos se pelean por cosecharlas y probarlas. El árbol es el centro de todo, el alma del club, y da nombre

al equipo de Juana: Los Naranjos. Y también es el lugar donde la abuela se sienta a esperar a que su nieta termine de entrenar.

Juana ni siquiera saluda antes de entrar a la cancha. Lo único que piensa es "YA ES TARDE, YA ES TARDE, YA ES TARDE". Cuando por fin llega a donde está el equipo sentado, casi no le queda aire.

El entrenador recibe a Juana con el entrecejo fruncido. A ella no le hace falta preguntarle el motivo del enojo: enseguida lo adivina. Pero se le acerca y espía el reloj que él tiene en la muñeca.

—¡No ha pasado ni un minuto todavía! —le dice Juana con mirada triunfal—. Además tuve un problema... —y levanta el pie para que vea su tenis. Está mordisqueado, todavía tiene algunos rastros de baba perruna y lodo, y el cordón que hace las veces de agujeta le da un aspecto de lo más triste.

—Luego vamos a agarrar a Lupe —dice el entrenador, y saluda con la mano a la abuela y a esa cachorra traviesa que los miran desde lejos—. Está bien, entra a la cancha. Pero es una excepción, no te acostumbres. ¡LAS REGLAS SON LAS REGLAS! Si quieres entrenar, tienes que llegar cinco minutos antes y estar lista a tiempo para no demorar al resto del equipo.

Los chicos esperan impacientes a que comience la actividad. La pelota, debajo del pie del entrenador, parece llamarlos. Pero Miguel se toma su tiempo en soltarla.

—A ver, antes de empezar, ¿QUIÉN RECIBIÓ ESTA SEMANA LA BOLETA?

Una mezcla de "no se vale", "no, profe" y "¿no podemos empezar a jugar?" se escucha como respuesta.

—Ya lo saben: ¿quieren la pelota? ¡Muestren la boleta! El que no se esfuerza en la escuela no se va a poder esforzar en la cancha. ¡Las reglas...

—... son las reglas!

UFFFAAA

—se quejan y uno a uno van levantando la mano.

Miguel les pregunta cómo les fue, cómo estuvieron las calificaciones.

—YO TENGO TODO MUY BIEN Y SOBRESALIENTE, OBVIO —dice Agustín, presumiendo.

—¿Algún regular? ¿Alguna materia baja? —vuelve a preguntar el entrenador.

Un NO atraviesa en cuchicheos a todo el equipo. Pero uno de los chicos se queda callado.

—¿Gonzalo? ¿En qué te fue mal?

—EN MATEMÁTICAS —susurra con timidez.

Juana suspira y levanta la mano.

—A MÍ NO ME FUE MUY BIEN EN LITERATURA —comenta.

—Los dos resérvense una hora después del entrenamiento de los jueves. Voy a hablar con sus familias, yo puedo darles clases de apoyo. Tienen que mejorar las calificaciones, es muy importante.

—SÍ, ENTRENADOR —RESPONDEN A LA VEZ Y SONRÍEN CON ALIVIO: SABEN QUE AL MENOS POR EL MOMENTO SIGUEN JUGANDO.

—Y AHORA, ¡A TROTAR! VAMOS, CINCO MINUTOS DE PRECALENTAMIENTO.

Capítulo 3

Mientras los chicos corren en círculos, Miguel pone en el equipo de música "Under pressure" de Queen. Las bocinas son medio viejas y el sonido suena áspero.

—¡Nooo! ¡Otra vez esta música! —se quejan algunos.

—Sigan diciendo que es música antigua y van a correr la hora entera. ¡Es Queen! ESTO ES ARTE. AR-TE. No ese punchis punchis imposible que ahora ESTÁ DE MODA.

—No es punchis punchis. ES RATATÁ-TA-TA RA-TATÁ-TA-TA... —tararea Gonzalo, haciéndose el chistoso, mientras hace un par de pasitos de esa cumbia que tanto le gusta.

—Mi mamá y mi papá también escuchan Queen —dice Brian.

—Es porque tienes unos padres muy buena onda —le dice Miguel guiñando el ojo.

JUANA NO PUEDE EVITAR MIRAR A BRIAN Y SONREÍR.

Tiene el pelo castaño, rizado y más largo que el resto de los chicos. Él lo nota y le devuelve la sonrisa. Enseguida Juana siente que las mejillas se le encienden. **DESEARÍA NO SER TAN TÍMIDA O AL MENOS QUE NO SE LE NOTARA TANTO EN LA CARA CADA VEZ QUE LE DA VERGÜENZA.** Pero sus mejillas siempre la delatan.

—Último minuto, ¡no paren! —los alienta Miguel mientras reparte los conos en la cancha.

—Ey, Juana, escuché que se te rompieron los tenis —le dice Lucas—. ¿Sabes qué?, yo tengo un par de botines que ya no puedo usar, a lo mejor te quedan. ¿Los quieres?

—Ay, eres... eres... ¡me salvas si me pasas los botines, Lu! Un genio, eso es lo que eres —Juana pega un salto de pura alegría—. **¡VOY A TENER BOTINES!**

—A ver si dejamos ese entusiasmo para patear la pelota, Juanita... te me vas a cansar antes de empezar —le dice el entrenador. Pero él también se ríe.

Claro que la alegría de Juana no dura mucho. Agustín pasa junto a ella y la empuja.

—CORRIENDO TAN LENTO NOS ATRASAS A TODOS, Juana —le dice y la rebasa. Juana le responde con una mueca de burla y deja que se aleje.

—No le hagas caso —interviene Lucas y le da un codazo amistoso.

Los botines de Agustín son anaranjados y azules, y PARECEN BRILLAR de tan relucientes. Toda su ropa es genial. Cuando juegan, Juana a veces reconoce a sus compañeros más por los botines que por la cara. Se acuerda de cada uno, podría dibujarlos incluso de memoria. "Algún día voy a tener unos nuevos y van a ser turquesas", piensa. Ya sabe que los que Lucas dejó de usar son negros y blancos, pero quizás podría decorarlos un poco. Igual, son mucho mejores que sus tenis. Y la van a ayudar a correr como una flecha. Va a meter tantos goles que Agustín se va a morir de la envidia.

—Vamos, falta poquito, no paren.

Juana se concentra en trotar con toda su energía durante los últimos segundos. Y en cuanto escucha el silbato, se acomoda primera en la fila, frente a los conos.

LE GUSTA HACER EL CIRCUITO BIEN RÁPIDO: PRIMERO UN ZIGZAG, DESPUÉS SALTAR LOS AROS LLEVANDO LAS RODILLAS AL PECHO Y AL FINAL RECIBE LA PELOTA Y TIRA AL ARCO. Una y otra, y otra vez. Miguel les cambia la música a cada rato.

—Menos mal que es entrenador. Como DJ se muere de hambre —le susurra Lucas. Juana lanza una carcajada y enseguida se tapa la boca.

—Lucas, ¡te escuché! Ahora, por bromista, les pongo otra cosa.

—**NOOOO** —se quejan todos a la vez—. ¡YA QUEREMOS JUGAR!

—Muy bien: si alguien adivina qué canción de Fito voy a poner, los dejo empezar el partido.

—¡No se vale! —dice Lucas—. ¡Ésas son cosas para tus alumnos de la mañana! Ahora no puedes ser profe de música. ¡Qué tiene que ver la música con el futbol!

—Todo. En primer lugar, **UN EQUIPO ES COMO UNA ORQUESTA. TODOS APORTAN ALGO DIFERENTE PARA JUGAR EN ARMONÍA.** Y además, ¿cómo anima la afición a sus jugadores?

—Cantando... —responden todos a regañadientes.

—Ah, ¿¡ya ven!? ¿Y qué les pide el público a sus jugadores durante un partido?

Todos se miran, desconcertados. Todos, menos Juana. Porque sabe que ésa es una pista para adivinar la canción que va a poner: su papá se la canta a su mamá a veces.

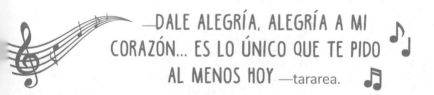

—DALE ALEGRÍA, ALEGRÍA A MI CORAZÓN... ES LO ÚNICO QUE TE PIDO AL MENOS HOY —tararea.

Miguel le devuelve una sonrisa de oreja a oreja.

—Exactamente. Así que: denle alegría a mi corazón y jueguen un lindo partido. **A DIVIDIRSE, ¡CINCO Y CINCO!**

Juana se acomoda el pelo y se prepara para jugar. El mundo se detiene alrededor. Los gritos, los ruidos fuera de la cancha... todo se aquieta, se calla. **LA PELOTA ES TODO.** Alcanzarla, llevarla, acercarse al arco. A pocos minutos de empezar, Juana le roba la pelota a Agustín, esquiva a los dos defensas y tira a la portería: la pelota hace una comba perfecta, limpia, imparable. Gonzalo intenta cabecearla, pero no llega. El arquero salta todo lo que puede, pero ni siquiera logra rozarla.

¡ES UN GOLAAAZOOO!

Todos los chicos le aplauden, tanto los compañeros de Juana como los contrarios. Al fin y al cabo son un mismo equipo. **CUANDO ALGUIEN JUEGA BIEN, TODOS SE ALEGRAN.** O casi todos. Desde afuera de la cancha se escucha un grito:

—¡Ándaleeee, Agustín! ¿Cómo te vas a dejar quitar la pelota así, por una niña? —dice el padre.

EL ENTRENADOR TOCA EL SILBATO Y LES PIDE QUE DETENGAN EL PARTIDO POR UN MOMENTO.

PRRRRRR

PRRRRRR

Miguel se acerca al padre de Agustín y hablan. Juana no escucha lo que dicen, pero se nota que están discutiendo: las manos del hombre se agitan con cada frase.

—Fue un golazo, amiga. Eso es lo único que importa. Ya sabes cómo es el padre de Agus.

A unos metros, BRIAN LE GUIÑA UN OJO Y LE APLAUDE. Juana se ríe y otra vez siente el calor en sus mejillas y el corazón galopando fuerte en el pecho. Un golazo. Es lo que importa. CIERRA LOS OJOS Y HACE FUERZAS PARA OLVIDARSE DE TODO LO DEMÁS.

Capítulo 4

Huele rico. Desde que entran a la casa, Juana enseguida adivina que van a comer estofado.

—**TENGO HAMBREEEE** —grita antes de quitarse los tenis—. Tengo tanta hambre que si se me acerca Lupe me la como en sándwich.

—Vas a tener que esperar porque falta un rato todavía —le advierte su mamá—. ¿Cómo estuvo el entrenamiento? Escribieron en el grupo de chat, el domingo nos toca llevar un pastel para el tercer tiempo.

—¡Genial! —dice Juana, que nada le gusta más que el tercer tiempo y el pastel de chocolate que prepara su abuela. Bueno, no, en realidad JUGAR FUTBOL ES LO QUE MÁS, MÁS, MÁS LE GUSTA DE TODO. PERO DESPUÉS VIENE EL TERCER TIEMPO Y EL PASTEL, CLARO.

—El entrenador va a ayudar a Juana a ponerse al corriente en literatura. Y la mamá de Lucas nos va a llevar unos botines que le quedaron chicos, a ver si le quedan a Juana —agrega la abuela.

—Ay, menos mal, esos tenis ya caminan solos.

La abuela mira a su nieta con ese gesto tan suyo que siempre esconde un "¿Ves?, ¡te lo dije!". Juana se ríe: NO LE IMPORTA DEJAR DE USAR SUS TENIS FAVORITOS PORQUE AHORA VA A TENER BOTINES. 👏 👏 👏

—¿A mí nadie me saluda?

Su papá se hace el ofendido desde el patio. Tiene la bolsa de herramientas a medio vaciar, así que seguro acaba de llegar. Juana corre y de un salto se le tira encima: sabe que él siempre la ataja.

—¡Hola, Juanita! ¿Ves? Llegué temprano hoy, terminé la obra antes —dice con una sonrisa.

—¡Entonces juguemos a los pases!

34

No importa que apenas llegó del entrenamiento, Juana nunca se cansa de jugar. PUEDE JUGAR EN LA MAÑANA, ANTES DE IR A LA ESCUELA, MIENTRAS CAMINA A LA ESCUELA, EN LOS RECREOS... INCLUSO CUANDO NO ESTÁ CON UNA PELOTA ENTRE LOS PIES, ESTÁ JUGANDO CON LA MENTE: PLANEANDO CÓMO LLEGAR A LA PORTERÍA, CÓMO PASAR AL RIVAL, SUEÑA CON GOLES IMPOSIBLES... Y su papá hace lo mismo que ella, lo único que cambia es que desde que se lesionó ya no puede jugar como antes, en cancha de once. Ni en cancha de cinco. Apenas le alcanza para hacer pases con su hija, entre las macetas y la ropa colgada en el tendedero. Las paredes del patio tienen tantas marcas de pelotazos como de huellas de Lupe. Más que blancas, son cafés.

Mientras la cena se termina de cocinar, el papá agarra la pelota y empieza a hacer dominadas.

—Ay, a mí todavía no me salen así —se queja Juana.

—Es cuestión de práctica nada más, ya te van a salir.

Pero no dura mucho haciendo dominadas: enseguida empieza a dolerle el tobillo y tiene que parar.

—¿Extrañas mucho jugar, pa?

—Sí, pero más extraño verte jugar a ti, Juana. Por suerte este fin de semana toca partido el domingo así que voy a poder ir.

Unos golpes en la puerta los interrumpen. Es la madre de Lucas, que le lleva los **BOTINES** prometidos.

—Son negros... bastante aburridos. Pero los usó un par de veces nomás, están casi nuevos.

—**¡SON GENIALES, GRACIAS!** Y con unos stickers o algunos dibujos van a quedar muy bonitos. Sara justo me regaló unos diamantitos que se pegan, voy a decorarlos con eso. Seguro me van a traer suerte el domingo —dice Juana **Y ENTRA A LA CASA DANDO SALTITOS DE FELICIDAD.**

¡SON GENIALES!

Cuando se prueba los botines, se da cuenta de que el pie le baila un poco adentro, se le hace un nudo en la garganta y los ojos se le ponen brillosos.

—A ver... mmm... te quedan flojos. Pero no te preocupes, con un pedacito de algodón en la punta los vas a poder usar perfecto —dice la abuela, que **PARA TODO ENCUENTRA SIEMPRE UNA SOLUCIÓN**.

Desde la puerta del cuarto, Antonio, el hermano de Juana, las espía con un gesto raro.

—Hola, fea, ¿a qué se debe esa cara de velorio? —dice chistoso.

—Más fea será tu abuela —contesta Juana, que ya está acostumbrada a que Antonio la moleste, cariñosamente, cada vez que vuelve de su trabajo en la tienda o de la escuela.

—Cuidado, ¿eh? Que su abuela es muy bonita. **¿LES CONTÉ QUE FUI MISS CROISSANT CUANDO ERA CHICA?**

Los hermanos lanzan la carcajada. Su abuela siempre, pero siempre, los hace reír.

—No te preocupes, terremoto, ya vas a tener unos botines nuevos —le dice Antonio y la despeina con ternura.

Desde la cocina, los ruidos de los platos chocando sobre la mesa les avisan que ya es la hora de cenar.

—Vamos, pichona, que no hay tristeza que no cure un buen plato de comida. Y EL DOMINGO TE PREPARO EL PASTEL DE CHOCOLATE QUE TANTO TE GUSTA, ASÍ LO COMPARTEN DESPUÉS DEL TRIUNFO —dice la abuela y le guiña un ojo.

Juana también sonríe. ¿Qué puede salir mal si hay pastel de chocolate después del partido? Nada. Llevar pastel es su mejor cábala.

Capítulo 5

Domingo. Cada partido empieza igual. Todos los chicos entran en tropel al vestidor, gritando y riendo, y Juana se queda afuera, esperando a que terminen de cambiarse. Cuando por fin sale el último de los varones, entra ella. Es lo malo de ser la única chica del equipo.

Mientras afuera empiezan a precalentar, acomoda el algodón en la punta de los botines y se los pone. Da un par de pasos, trota en el lugar un poquito y sonríe. Va a funcionar.

Juana está ansiosa. No ve la hora de empezar a jugar. SI GANAN, VAN A DEJAR ATRÁS EL HISTÓRICO LUGAR AL QUE SIEMPRE LLEGA SU EQUIPO EN EL TORNEO, ¡Y VAN A PODER COMPETIR POR LOS PRIMEROS PUESTOS!

Sale del vestidor emocionada. Siente cosquillas en la panza y unas ganas locas de estar ya en la cancha pateando la pelota. Pero todo su equipo la recibe con cara larga. A unos metros, el entrenador parece discutir furioso con el otro entrenador y con el árbitro.

—¿Ves? siempre arruinas todo. NO PODEMOS JUGAR por tu culpa —le dice Agustín a Juana.

—¡¿Y YO QUÉ HICE, SI ACABO DE LLEGAR?! —pregunta.

—Cállate, Agustín, que si no fuera por los goles de Juana ni siquiera estaríamos aquí —responde Lucas y el resto parece apoyarlo.

—¡Yo también metí un montón de goles! —se queja Agustín.

Juana empieza a sentir cómo las cosquillas en la panza se transforman en un nudo apretado que sube rápidamente desde el estómago a la garganta y se queda ahí.

Brian la mira en silencio, como si le diera lástima. Eso es peor: JUANA NO QUIERE QUE NADIE LE TENGA LÁSTIMA. Nunca.

—Chicos... el otro equipo decidió no presentarse. Lo bueno es que nos dan por ganadores del encuentro. Así que TENEMOS OTROS TRES PUNTOS ¡y estamos más cerca de llegar a la final! —exclama Miguel y aplaude para darles ánimo.

Casi todos responden con un entusiasmo forzado, pero Juana sigue cabizbaja.

—Entrenador, ¿es por mi culpa?

—No es por tu culpa. Es porque algunos adultos tienen mucho que aprender todavía. No se quisieron presentar porque no quieren jugar con un equipo que tenga a una chica como jugadora. Pero ¿sabes qué, Juana...? **EL EQUIPO SON... SOMOS TODOS. TÚ INCLUIDA.** Y no voy a permitir que ningún entrenador de cuarta me obligue a sacarte de la cancha por retrógrado. **TIENES TODO EL DERECHO A JUGAR, COMO EL RESTO DE LOS CHICOS.**

—¡Pero no es justo que todos nos quedemos sin jugar por su culpa! —reclama Agustín.

—La culpa no es de Juana, es del otro equipo. Además, ¿quién te dijo que no vamos a jugar? **QUIERO A TODOS EN LA CANCHA**, se dividen cinco y cinco, y jugamos entre nosotros, como en los entrenamientos. Y como no hay suplentes, ¡en lugar de quejarse guárdense su energía o no van a llegar al final del partido! —dice y toca el silbato con energía.

Juana se para en el borde de la cancha. Respira profundamente, se llena de aire los pulmones y lo expulsa con energía. Se imagina que todo su mal humor queda ahí, en el borde, fuera del partido. Y entra.

A UNOS MINUTOS DE COMENZAR, BRIAN LE HACE UN PASE Y JUANA METE UN GOL IMPARABLE.

Poco después, Gonzalo para la pelota con el pecho, la baja y se la pasa a Agustín, que sin defensas que lo paren mete también un golazo. Termina el partido y los dos equipos, que no dejan de ser uno solo al fin y al cabo, festejan el empate y se preparan para seguir compartiendo la alegría en el tercer tiempo.

1-0

1-1

Pero fuera de la cancha, entre los adultos, el clima no es el de siempre. Apenas llegan, los chicos escuchan al padre de Agustín que enfrenta a Miguel sin siquiera esperar a que se siente a la mesa donde ya circula el mate.

—Muy bien el partidito, pero no vinimos a perder todo el domingo aquí para verlos jugar como siempre.

Hubieras sacado a Juana y los chicos habrían podido jugar un partido de verdad —dice enojado.

—Todos los partidos son de verdad. Y EN LA CANCHA NO SOLAMENTE SE APRENDE FUTBOL, también valores —le recrimina el entrenador, más enojado todavía.

—Miguel, siempre es lo mismo. La presencia de Juana perjudica a todo el equipo. Es hora de que se busque un deporte de niñas.

Los gritos de los adultos ya no se entienden. O Juana no quiere entenderlos. Su papá discute con el padre de Agustín y otros padres también los apoyan. Juana agradece que su mamá justo no haya podido ir al partido o la pelea sería todavía peor. El entrenador intenta apaciguar la situación, pero tampoco él está muy tranquilo. Al fin, el padre de Agustín se va y se lleva a su hijo. UN SILENCIO PEGAJOSO CAE SOBRE TODOS. HASTA EL RUIDO DE LAS MOSCAS QUE REVOLOTEAN RESULTA MOLESTO.

—Yo sé exactamente qué necesitamos —dice la abuela y abre el envoltorio del PASTEL DE CHOCOLATE. El olorcito hace que todos los chicos se arremolinen alrededor de la charola.

—No hay nada que el chocolate no resuelva —dice mientras corta el pastel.

—Totalmente de acuerdo —responde la madre de Brian y le entrega un mate al entrenador para que se le pase un poco el enojo.

Pero Juana se queda mirando la puerta por la que se fue Agustín, con un nudo en la garganta.

—NO ES JUSTO —SUSURRA.

Capítulo 6

—Ey, Juana, ¿trajiste las calcetas? —dice Sara mientras se quita los pasadores, los guarda en su bolsillo y se sujeta el pelo con una colita.

—Sí, obvio.

El timbre suena y las dos se levantan de un salto. CADA MINUTO CUENTA. Juana lleva una bolsa al patio llena de calcetas rotas o sin par. En dos segundos, forma la pelota. Las dos se ubican en el costado de siempre del patio y empiezan a jugar a los pases. Pronto se suman algunos más, que aportan sus chamarras para marcar la portería.

Rápidamente se va armando un pequeño partido. BRIAN LAS MIRA SONRIENDO DESDE UN COSTADO DEL PATIO Y JUANA SE PONE NERVIOSA. SARA APROVECHA PARA ROBARLE LA PELOTA Y TIRAR DIRECTO AL ARCO.

—Hay alguien que tiene la cabeza en las nubes hoy —se burla dándole a Juana un suave codazo.

Juana se ríe y se pone colorada, y sin querer mira a Brian, que sigue ahí. Tiene un cómic entre las manos, pero no parece estar leyendo.

—SIEMPRE TE MIRA, AMIGA. PARA MÍ QUE LE GUSTAS.

—Ay, Sara, ¡no! Cómo crees que le voy a gustar, nada que ver. Es que es tímido, no se debe animar a venir a jugar.

—Sí, claro —se burla Sara mientras otra vez le roba la pelota.

Juana le devuelve una mueca.

—¿POR QUÉ NO VIENES A JUGAR CONMIGO AL CLUB, SARA? ¡SI A TI TE ENCANTA EL FUTBOL!

—No me dejan. Mi papá dice que no es un deporte para chicas porque te deforma las piernas. Por eso me llevan a ballet, aunque ya les dije un montón de veces que el ballet deforma los pies de tanto estar en puntitas.

—¿Yo tengo las piernas deformadas?

—Tú tienes hasta las trenzas deformadas, Juanita —responde, pero enseguida lanza la carcajada—. Tú eres hermosa, amiga. Algún día voy a lograr que me manden contigo al futbol, ya lo verás. Y VAMOS A SER LAS DELANTERAS MÁS FANTÁSTICAS DEL UNIVERSO.

El timbre vuelve a sonar. Muy, muy poquito a poco, los chicos empiezan a volver a sus salones.

—**UFA** —dicen todos menos Brian, que se acerca tranquilo, como siempre.

—¿NUNCA TE CANSAS de jugar futbol?

—Mmm... no. ¿Por qué me cansaría? ¿Tú te cansas? —responde Juana, extrañada, mientras va pateando una piedrita a medida que camina hacia el salón.

Ni se le ocurre cómo podría cansarse de jugar. ¡Si es capaz de convertir en pelota hasta una goma de borrar o una bolita de papel, y jugar con los dedos sobre la banca! Nada le gusta más que el futbol.

—Yo me canso siempre de jugar. NO SÉ SI ME GUSTA EL FUTBOL... O SÍ SÉ, ME GUSTA HASTA AHÍ... PREFIERO HACER OTRAS COSAS, pero como todos mis hermanos van al futbol, yo también voy.

—¿Y qué te gusta hacer?

—Me gusta la cerámica y el arte... antes iba a un taller, pero ahora no me llevan más.

A Juana le habría encantado seguir hablando, pero la maestra pide que no se demoren y que vayan entrando ordenadamente al salón. Como Brian es de la otra división, Juana lo ve alejarse, pero de pronto él se detiene y vuelve corriendo hacia donde está ella.

—Quería decirte... eh... que... nada... este... que está bueno tenerte en el equipo. SIEMPRE ESTÁS CONTENTA Y CONTAGIAS A TODOS TU BUEN HUMOR. Se nota que amas jugar. Y eres buena y nos haces bien a todos. No le prestes atención a Agustín o a su papá, ¿sabes?

Y se aleja corriendo mientras Juana se queda ahí, parada, inmóvil, en la mitad del patio. Ni el llamado de la maestra logra despabilarla. "¡PERO QUÉ TONTA! ¡QUÉ TONTA! ¡NI GRACIAS LE DIJE!", piensa con la cara hecha un fuego.

Enojada con su propia torpeza, se da media vuelta y patea la pelota de calcetas viejas hacia la pared del patio con tanta mala suerte que justo pasa Agustín corriendo y le da de lleno en el estómago.

Agustín se dobla en dos y se queda sin aire.

—Ay, ay, perdón, ¡PERDÓN! ¿TE LASTIMÉ? ¡No te vi! —dice Juana—. ¡No lo vi! —les repite a los maestros que vienen a auxiliarlo.

Agustín poco a poco se recupera y ella respira aliviada.

—Juana, ya te dijimos mil veces que jugar a la pelota en los recreos es un peligro. DEJA ESA PELOTA EN LA DIRECCIÓN, TIENES PROHIBIDO VOLVER A TRAERLA —le dice la maestra.

—¡Pero...! —protesta Juana y se enoja.

¿A qué van a jugar si no es a la pelota? ¡Es para lo único que sirven los recreos! Pero sabe que no tiene sentido quejarse ahora.

—TRANQUI, JUANITA, en una o dos semanas se les olvida —la consuela Sara.

Triste, Juana avanza hacia el salón. De reojo, ve que Agustín se le acerca, sonriente.

—Por fin ahora vas a tener que jugar a esas cosas bobas que juegan las niñas, ja.

—Qué pena que le tengas tanta envidia a mi amiga. Todos sabemos que nunca metes tantos goles como ella. Pero quédate tranquilo, Agus, en algún momento vas a llegar a jugar tan bien como juegan las niñas —le contesta Sara mientras se acomoda el pelo y la bata.

Agustín se aleja, FURIOSO. Sara y Juana, en cambio, se ríen.

Capítulo 7

SARA Y JUANA HACEN JUNTAS PARTE DEL CAMINO DES-DE LA ESCUELA A SUS CASAS. La abuela y Lupe las acompañan, pero las chicas casi no les prestan ATENCIÓN. En cuanto salen, siempre buscan una piedrita y juegan a patearla durante todo el recorrido. A veces, Sara, que es MUY GRACIOSA, imita la voz de los locutores y relata como si en lugar de patear una piedrita estuvieran jugando un mundial. Al final se despiden con un abrazo como si no fueran a verse nunca más. Aunque al día siguiente, claro, van a volver a estar juntas todo el día.

—¡Mamá! —grita Juana apenas entra a la casa.

—Nunca un "HOLA, MAMÁ, ¿CÓMO ESTÁS?", ¿no? Vamos, quítate la bata y siéntate a merendar. Hoy el chat de futbol me volvió loca. La abuela debería tener celular, sería mejor que ella estuviera en ese grupo, yo ya no sé ni de qué hablan —dice de corrido la mamá mientras Juana se sienta frente a su leche con chocolate.

—¿Y por qué tanto lío?

—EL PARTIDO DEL PRÓXIMO DOMINGO ES LEJOS y están organizando cómo van a llevar a los chicos. El entrenador te puso en el auto del padre de Agustín, porque todos los demás estaban ocupados.

–¡NO! ¡POR FAVOR, MA!

¡No me hagan viajar con Agustín y su papá! Además, ustedes iban a ir... ¿por qué no voy con ustedes? Papá dijo que vendría, ¡es el clásico!

—Lo siento, Juana, CUANDO NO SE PUEDE, NO SE PUEDE. Al final los dos tenemos que trabajar el domingo. Tu papá consiguió unas horas extras de velador en la obra de Haedo y como donde trabajo el sábado dan una fiesta, me pidieron que el domingo fuera a ayudarlos a limpiar.

—¿Y la abuela?

—Quedó en ir a echarle una mano a tus tíos con los chicos.

—¡No es justo! —protesta Juana, furiosa—. ¡ENTONCES NO VOY A NINGÚN LADO!

Y sale al patio a descargar la rabia con la pelota, que golpea y golpea y golpea la pared.

—¿PERO QUÉ TE PASA? —pregunta la madre, que no entiende por qué tanto enojo.

Juana llega a escuchar que la abuela empieza a contarle lo que pasó en el partido anterior. También oye que su mamá se enoja con el padre de Agustín. "Ahora me va a escuchar", "Claro que no va a viajar con ellos", "En qué está pensando Miguel"… las frases le llegan desde la cocina, a pesar de que el rebote de la pelota apaga bastante el diálogo.

JUANA ESTÁ CANSADA. CANSADA DE SER UN PROBLEMA PARA EL EQUIPO. CANSADA DE NO PODER JUGAR TRANQUILA, COMO TODOS.

—Ey, ¿piensas derrumbar la casa, tú? Avísame y saco mis cosas antes —le dice su hermano que acaba de llegar de la escuela.

Como siempre, almuerza y vuelve a salir hacia la tienda, donde trabaja un par de horas. Se le acerca, le roba la pelota, la agarra con las manos y la hace rebotar contra el piso. A ÉL SIEMPRE LE HA GUSTADO MÁS EL BÁSQUET QUE EL FUTBOL. Rodea a Juana como si ella también estuviera jugando a encestar, pero cuando ve que ni reacciona al cambio de deporte, se para enfrente y vuelve a pasarle la pelota con el pie. Sabe que los pases siempre la calman.

Pero hoy Juana está tan ENOJADA que ni con su hermano quiere hablar. Cinco minutos le lleva a Antonio lograr que Juana deje de GRUÑIR e hilvane palabras.

Otros cinco hasta que empieza a abrirse con él y hablar de lo que le molesta. Quince minutos más hasta que termina de contarle todas las cosas horribles que escuchó de parte de Agustín y su papá, y lo que pasó ese mismo día en la escuela.

—Por eso no puedo viajar con Agustín —termina—. **PREFIERO PERDERME EL CLÁSICO** antes de estar encerrada en un mismo auto con ellos.

Antonio hace lo único que puede hacer en esa situación: la abraza.

—Quédate TRANQUILA, yo te voy a ayudar —le dice. A VECES ES BONITO TENER UN HERMANO MAYOR.

La noche llega en un abrir y cerrar de ojos. En la mesa, el ambiente es el de siempre, aunque Juana todavía está sin ánimos de platicar.

—Pichona, ¿sabes qué? TE VOY A LLEVAR YO AL PARTIDO EL DOMINGO. Tu hermano se va a quedar de niñero con tus primos, y nosotras salimos tempranito y nos vamos en autobús.

—¿Ves? Ya está todo resuelto. Toda la familia está apoyando a la Messi del barrio —dice el papá y le guiña un ojo.

JUANA RÍE, LLENA DE ALIVIO Y FELICIDAD.

—Messi, no. Prefiero ser MÓNICA OCAMPO —contesta divertida.

—Claaaro, ahora la señorita va a pedir que la llamemos Mónica, ¡se cree mucho! —se burla el hermano y le avienta el trapo de cocina a la cabeza.

—MEJOR SIGO SIENDO JUANA NOMÁS —CONTESTA DIVERTIDA.

Capítulo 8

Juana sale tan temprano de su casa que ES LA PRI-MERA EN LLEGAR A LA CANCHA. Mientras la abuela se queda sentada tejiendo, ella busca piedritas y las patea una y otra vez contra la pared.

—Pichona, ¡no te puedes quedar ni un minuto sin hacer nada!

—Me parezco a ti, abue. ¡Nada más te sientas y ya estás con el tejido!

Pronto llega el entrenador y el resto del equipo. El padre de Agustín apenas saluda a todos y se acomoda en una banca, lejos del resto de los adultos, que también van sentándose en las gradas.

Una vez que todos están ya cambiados, el entrenador los convoca para la charla previa al partido. JUANA ESTÁ NERVIOSA. Por primera vez en mucho tiempo se siente insegura. Como si estorbara. La mirada del papá de Agustín, desde afuera de la cancha, le pesa. Pero entonces VE A SU ABUELA QUE LE SONRÍE COMO SIEMPRE. Su abuela, con el mate, el tejido y las mandarinas que lleva a todos los partidos y reparte entre los chicos cuando terminan. Y ese apoyo que le da ante cada gol, ese "vamos, pichona" que escucha cada vez que finta la pelota y se dirige al arco... y se repite que sí, que ése es su lugar.

El entrenador nota que Juana no parece la de siempre. Pero cuando ve cómo mira a su abuela y cómo le asoma una SONRISA TÍMIDA mientras la saluda, se llena de esperanza. Quizás basten unas palabras para que vuelva a sentirse cómoda y entre a la cancha PISANDO FIRME.

—EQUIPO, QUIERO QUE ME ESCUCHEN CON ATENCIÓN. La última fecha fue difícil para todos. Pero ¿saben qué? Los partidos anteriores pasaron. No existen. Hoy es nuestra OPORTUNIDAD de lograr lo que nunca antes logró este club: llegar a la final del torneo. Así que entren ahí y dejen todo en cada pelota. NO TENEMOS NADA QUE PERDER Y MUCHO POR GANAR. Entrenamos para dejar todo y para disfrutar de esto tan hermoso que tiene el futbol. Jueguen como el equipo que son, olvídense de qué pasa fuera de la cancha y DIVIÉRTANSE. ¿Entendido?

—¡SÍ, ENTRENADOR!
—RESPONDE TODO EL EQUIPO AL UNÍSONO.

—Juana, Agustín, entren como delanteros. Lucas y Benjamín, atrás. Julián, a la portería. Gonzalo, tú quédate cerca porque vas a ser el primer cambio.

—Más vale que defiendan bien o juro que voy a volver todo el viaje de vuelta cantando —los amenaza Julián.

—¡No! —grita Lucas tapándose los oídos con gesto exagerado.

—Entonces te quedas a vivir aquí porque no te vamos a llevar —contesta Benjamín mientras avanza hacia su posición.

El comienzo del partido los encuentra jugando desarticuladamente. Es el clásico y se nota que todos están desconcentrados por la ansiedad. Nunca antes han conseguido ganarle a Mavi FC: TIENEN MEJOR VELOCIDAD, SE CONOCEN Y SABEN QUÉ HACER CON SÓLO UNA MIRADA. Juana, a veces, adivina su estrategia, por momentos se adelanta a la jugada y logra robarles la pelota. Pero luego está como perdida... cuando la quiere pasar, Agustín no está a la par o no parece mirarla y termina enfrentándose sola a los rivales o pateando hacia atrás.

—¡ACÁ, AGUSTÍN! —le grita en un momento clave en el que nadie la bloquea.

Pero aunque él está rodeado, no se la pasa a Juana. Prefiere entregársela a Lucas, atrás, antes que darle la posibilidad a Juana de METER UN GOL.

Juana está furiosa y se nota. Benjamín intercepta la pelota justo antes de que llegue a un delantero y se la pasa a Juana. Ella la para, pero está rodeada y en mala posición: casi a mitad de la cancha. Logra sortear a un rival y esquiva a un defensa haciendo una bicicleta bastante arriesgada, pero se encuentra CARA A CARA con otro jugador que le lleva casi dos cabezas. Le es imposible superar su marca. Tiene que pasársela a Agustín, pero él parece no mirarla a propósito. Intenta sortear a su contrincante con una rabona, pero él se anticipa y se la roba. EL CONTRAATAQUE ES IMPARABLE Y TERMINA EN UN GOLAZO. Los jugadores del Mavi FC se abrazan y festejan. Es un punto importante, porque los llena de confianza.

—¡**CAMBIO!** —grita el entrenador y llama a Juana. Es cierto que los cambios son frecuentes, porque todos tienen que tener oportunidad de jugar. Pero Juana siente que ese cambio es casi un castigo. Se sienta en el piso y toma agua furiosa. ¿Por qué Agustín sigue jugando y ella no?

—Ey, Juana, mírame —le dice Miguel—. Descansa, respira, hiciste un gran primer tiempo. Te necesito repuesta y lista para darle vuelta al marcador en el segundo. ¿Me escuchaste? Confío en ti.

JUANA LO MIRA, RESPIRA HONDO Y ESBOZA UNA SONRISA.

Capítulo 9

En el medio tiempo están todos agotados y desanimados. En los últimos minutos la ventaja de los rivales se acrecentó y ahora están realmente complicados.

—A ver, equipo..., ¿nosotros nos llamamos Mavi FC?

Los chicos miran a Miguel como si se hubiera vuelto loco.

—¿¡QUÉ!? NOOO...

—¿Y cómo se llama nuestro equipo?

—¡¡LOS NARANJOS!! —afirman todos, todavía desconcertados.

—¿Y a qué club representamos?

—¡¡Naranjo en Flor!! —responden.

—Entonces, ¿me quieren decir por qué estuvieron todo el primer tiempo jugando para ellos? ¿Cómo es que les regalamos dos goles?

Nadie responde. Todos miran hacia abajo, como si de pronto las hormigas que pasean por la cancha fueran lo más interesante del mundo para investigar.

—Agustín, tuviste a Juana libre mil veces y no le hiciste ni un pase. O juegas en equipo de verdad o el resto del partido lo vas a ver desde afuera de la cancha.

—¡Pero, entrenador...! —se queja Agustín.

—Entrenador nada —sigue Miguel—. **PARA DARLE VUELTA AL MARCADOR Y GANAR, PARA LLEGAR A LA FINAL, TODOS SOMOS FUNDAMENTALES.** La única forma de igualar o superar al otro equipo es jugando articuladamente. **CADA UNO DE USTEDES TIENE MUCHO PARA APORTAR. EL GOL NUNCA ES RESULTADO DE UN SOLO JUGADOR, SINO DE TODOS.** Lo mismo pasa con la victoria. Estamos juntos en esto. ¿Van a dejar que los Mavi otra vez vuelvan a ganarnos?

—¡NO! —gritan los chicos.

—No —susurra Juana, más para sí misma que para el resto del equipo.

Y entra a la cancha COMO SI SE FUERA A LLEVAR EL MUNDO POR DELANTE. No le importa Agustín. No va a regalarle a nadie el poder de hacerla sentir mal. Ella sabe que es buena. No tiene que pedir permiso para ganarse el lugar en la cancha. El lugar es suyo, FORMA PARTE DE ESE EQUIPO y va a hacer todo para llevarlo a la victoria. Tiene mucho para dar.

—Vamos a demostrarles qué es lo que puede hacer una niña —le dice a la pelota, como si pudiera escucharla, como si fuera su mejor amiga.

A los dos minutos, un pase fallido de los rivales deja la pelota a los pies de Juana, que sonríe con una confianza

nueva. La controla volcándose sobre la izquierda y la va llevando hacia la esquina de la cancha, para conseguir un mejor ángulo de tiro al arco. Pero la respuesta de los contrincantes no se hace esperar: no están dispuestos a regalarle el contraataque. Dos marcadores la acorralan, tratando de obligarla a sacar la pelota de la cancha. Cuando parece que va a perder la posesión, Juana escapa con un taco que hace pasar la pelota por entre los dos marcadores. Luego del túnel, duda. PUEDE PATEAR DIRECTO AL ARCO, PERO AGUSTÍN ESTÁ EN MEJOR POSICIÓN. Él la mira casi suplicante, como admitiendo que no se merece esa pelota, pero pidiéndola al mismo tiempo. Y Juana sabe qué hacer: le entrega la posibilidad del gol con un pase certero. Agustín recibe la pelota y amaga un centro de derecha que desconcierta al arquero, pero luego patea de zurda. Imposible de atajar. EL GRITO DE GOL ATRAVIESA LA TRIBUNA Y LOS CHICOS FESTEJAN ABRAZÁNDOSE POR PRIMERA VEZ DESDE QUE EMPEZÓ EL PARTIDO.

La CONFIANZA vuelve a habitar sus camisetas. Pero, sobre todo, vuelve a Juana. Con todo el corazón, y gracias a un pase fantástico de Brian, ella mete un golazo de cabeza que achica aún más la diferencia. Y cuando ya casi no hay esperanzas para Los Naranjos, Juana, la jugadora estrella del partido, vuelve a brillar con todo su esplendor: una bomba desde afuera del área, de esas que inflan las redes y te hacen gritar como si fuera la final de la copa del mundo, le da la vuelta al marcador justo antes de que el silbato señale el final del partido. Por primera vez, el clásico encuentra a Los Naranjos del lado del triunfo.

Capítulo 10

Aunque ganaron el partido, Juana no está del todo feliz. Arrastra un enojo largo, hecho de una montaña de frases y actitudes que la lastimaron y la lastiman todavía.

Le da rabia que siempre necesite que alguien la defienda PARA QUE LA DEJEN JUGAR TRANQUILA, le enoja sentir que cada dos por tres ella es una molestia. Parece que nada de lo que hace alcanza para terminar de ganar su lugar. ¿Por qué tiene que esforzarse el doble para conseguir lo mismo que sus compañeros? ¿Siempre va a costar tanto que la valoren? Aunque SE UNE AL FESTEJO, las preguntas son como zumbidos en su cabeza que no la dejan disfrutar en paz.

Los siguientes entrenamientos va desganada al club. No se apura para llegar a tiempo, de hecho es la abuela la que le recuerda que YA ES HORA DE SALIR DE CASA. Y en la cancha patea la pelota SIN VERDADERA ENERGÍA

NI ENTUSIASMO. Ríe poco y habla menos durante cada encuentro. Y en cuanto termina el entrenamiento, vuelve a su casa a toda velocidad, sin detenerse a charlar con nadie. Ni siquiera con Lucas.

Cuando Brian anuncia que quiere dejar de jugar, que prefiere ir a su clase de arte en lugar de a los entrenamientos, es el colmo. Juana regresa a su casa llorando todo el camino. Y aunque su abuela **LE HACE BROMAS**, le da mandarinas, la invita a hablar, ella permanece en un silencio compungido.

En la noche, Juana no quiere cenar. Se queda frente a su plato revolviendo la comida como si hubiera algún tesoro escondido. Por fin, habla.

—QUIERO DEJAR EL FUTBOL —anuncia.

Toda la familia la mira en silencio, con los tenedores detenidos a medio camino entre el plato y la boca, y un gesto de total sorpresa.

—¿Será que **UNOS ALIENÍGENAS ME CAMBIARON A MI HERMANA POR OTRA?** —bromea Antonio.

Pero Juana no resiste ni un chiste. Se levanta de un salto y corre hacia su habitación.

—Juani... Juanita —le dice su mamá, mientras con una mano le acaricia el pelo y con la otra sostiene una cazuela de arroz con leche con cascarita de limón, el postre preferido de su hija—. ¿Por qué quieres dejar el futbol?

Pero Juana no puede ni contestar. Las palabras se le anudan en la garganta y se niegan a salir. El llanto, en cambio, sí brota, incontenible.

—Juana... NO PODEMOS RENDIRNOS CUANDO LAS COSAS VAN MAL, si lo que hacemos es lo que verdaderamente nos gusta, hay que seguir y encontrar la solución. Siempre va a haber gente que nos apoya y otra que no. Pero si dejamos todo por los que no, estamos siendo desagradecidos o injustos con todos los amigos que sí nos sostienen y nos alientan. Esto te pasa ahora con el futbol, pero te va a pasar con muchas otras cosas en la vida. Me pasa a mí con el trabajo, a tu hermano con sus estudios... Si el futbol no te gusta más, por supuesto puedes dejarlo. Pero si no imaginas tus días sin una pelota cerca, si no imaginas tus fines de semana sin jugar con tu equipo, entonces, a lo mejor deberías seguir... Pero la decisión la tomas tú.

Un rato más tarde, entra al cuarto la abuela y las dos se abrazan fuerte y largo.

Capítulo 11

Es jueves. EL SOL ENTRA POR LA VENTANA Y LA DESPIERTA. Le llama la atención un papel nuevo en su tablero de corcho: por lo visto, mientras ella dormía, alguien sujetó con un alfiler un recorte de periódico. Se talla los ojos para ver mejor y se acerca para leer el encabezado. Es una nota sobre futbol femenino.

—Abuela... —susurra. Sabe qué le quiso decir con eso.

Cierra los ojos. RECUERDA LAS PALABRAS DE SU MAMÁ. ¿Puede imaginarse su vida sin el futbol? Sin los partidos de los fines de semana, sin Lucas, Gonzalo, Julián... sin cada amigo que integra su equipo.

Sin Brian, se dice. A esa ausencia va a tener que acostumbrarse sí o sí... Pero ¿y al resto? ¿Realmente quiere dejar de JUGAR FUTBOL? Se está dejando ganar. ¿Cuántos la apoyan? ¿Cuántos no la quieren ahí? ¿Por qué pesan más los pocos que la rechazan que los muchos que la ayudan?

Juana piensa. Mientras se cambia. Mientras se trenza el pelo. Mientras desayuna.

Seguro que a Mónica Ocampo, Maribel Domínguez o Florencia Quiñones tampoco les resultó fácil. Pero están ahí, DEJANDO SIEMPRE EL CORAZÓN en la cancha.

Para cuando termina su leche con chocolate, ya sabe qué quiere. Decide dar lo mejor de sí misma en el entrenamiento de la tarde y en el partido final.

—Abuela, cambié de opinión. QUIERO SEGUIR JUGANDO —dice Juana.

—Solamente estabas dudando, pichona. Todos los que te conocemos sabíamos cuál iba a ser tu decisión. ¡Si tienes una pelota por cerebro!

Juana lanza UNA CARCAJADA. Su abuela siempre logra devolverle la alegría.

—Si vas a volver a jugar, mira abajo de mi cama, te dejé UN REGALO. No te lo doy porque se me hace tarde y ya no puedo faltar —grita su hermano mientras corre hacia la puerta.

Juana va hasta la habitación de Antonio y mira debajo de la cama. Hay TRES CALCETAS sin par, UN MILLÓN DE PELUSAS, DOS COCHINILLAS y una CAJA.

—Ay —dice Juana, sin siquiera poder respirar —. No puede ser.

Cuando abre la caja, están ahí.

SON BOTINES NUEVOS,

de su talla y de sus colores favoritos. No hace falta ponerles algodón, no hace falta decorarlos...

—Abu, son perfectos —susurra con los ojos llenos de LÁGRIMAS.

Su hermano usó el dinero que gana en la tienda y que destina para sus cosas, poder salir los fines de semana o comprarse algo de ropa, en ella.

Juana sale corriendo de la casa, atraviesa una cuadra a toda velocidad, da vuelta a la derecha, sigue corriendo otra cuadra y al final lo alcanza.

—¡Gracias, Toni!

ERES EL MEJOR HERMANO DEL MUNDO.

Después vuelve corriendo a la casa, porque ella también va a llegar tarde a la escuela.

Pero antes de irse a clase, Juana se pone los botines, da saltitos y un trote corto para ablandarlos.

—Escóndelos de Lupe, pichona.

—**¡LO PROMETO!** Van a llegar impecables a la final del torneo. ¡Hasta podría dormir con los botines puestos! ¡No quiero quitármelos nunca!

—Más vale que los dejes ventilar o van a tener un olor apestoso.

Juana y su abuela ríen juntas. Pero en cuanto el **ATAQUE DE RISA SE CALMA**, Juana se pone seria.

—Me parece que la final me da miedo, abue —admite—. ¿Y si el otro equipo tampoco me quiere dejar jugar? ¿O si Agustín vuelve a tratarme como si fuera **INVISIBLE** y ni me pasa la **PELOTA**? No quiero que mi equipo pierda por mi culpa. Y no quiero jugar mal tampoco.

—Nada de lo que pase es tu culpa si haces las cosas lo mejor que puedas. Las decisiones que tomen el resto de las personas no son tu responsabilidad. Si no te aceptan, ellos se lo pierden. Concéntrate en **DISFRUTAR EL JUEGO**, pichona. Es un partido más, Juanita. Nada va a cambiar en tu vida después de ese partido, sin importar el resultado que alcance tu equipo. Lo importante es disfrutar el proceso, dar lo mejor de ti misma.... pero ganar... ganar, gana cualquiera. Los verdaderamente fuertes son los que son felices incluso cuando les toca perder. Lo más importante del futbol no es la copa, lo importante es tener la seguridad de que PUSISTE TODO DE TI PARA LOGRARLO... lo importante son los compañeros MARAVILLOSOS con los que compartes cada campeonato. Los amigos, el entrenador que está ahí para acompañarlos y alentarlos, LA ALEGRÍA DE CADA ENCUENTRO...

Juana sabe que su abuela tiene razón. PERO IGUAL,

¡QUÉ NERVIOS!

Capítulo 12

Esta vez sí SE APURA PARA SER LA PRIMERA EN LLEGAR AL CLUB. Como siempre, Lupe lleva casi a rastras a la abuela, que carga con su infaltable tóper.

—Bueno, ¡qué sonrisa nueva tenemos hoy! —le dice Miguel en cuanto ve a Juana—. Pero no es lo único nuevo, por lo que veo. ¿Tanta alegría solamente por los BOTINES o pasó algo más?

—Es que hoy tengo ganas de jugar —responde Juana.

—Menos mal, porque hay un compañero nuevo. ¡Ven, Javier! Ella es Juana, una de las integrantes del equipo, GRAN GOLEADORA.

—¡Qué onda, güey! Qué padre que haya una chica en el equipo, yo juego todo el tiempo con mi hermana.

—Javier acaba de llegar con su familia desde México —aclara Miguel.

—Ehhh... bueno, sí, genial, ¡hola! —responde Juana medio perdida con tantas expresiones diferentes.

LAS PALABRAS DE JAVIER TIENEN UNA MÚSICA BONITA. Un ritmo simpático que a Juana le encanta.

—¿Y tu hermana no querrá sumarse? Sería lindo tener **OTRA CHICA EN EL EQUIPO**.

—Ah, no, ahorita no puede. La chavita tiene un yeso en el brazo. Pero quizás más adelante —contesta Javier, que es todo sonrisas.

Cuando empiezan a escuchar "We are the champions", Juana le hace señas para empezar a trotar.

—El entrenador siempre nos pone música vieja para precalentar. A mí me gusta, pero los chicos se quejan.

—Órale, ¡qué chido!

—¿Eso es bueno o es malo?

—**JAJAJA... ES BUENO.** Es como decir qué padre o qué cool. Me gusta Queen.

—Órale, chavo, basta de platicar —dice el entrenador—. ¡A que no sabían que podía hablar en mexicano, ¿eh?!

Los chicos se ríen. A todos les agrada el **NUEVO COMPAÑERO** y les da curiosidad. A todos menos a Agustín, que siempre necesita más tiempo para acostumbrarse a los cambios.

Javier **ES BUENÍSIMO** en el futbol. Apenas comienzan a jugar, Juana se da cuenta de que quizás no comprende mucho cuando él habla, pero en la cancha **SE ENTIENDEN PERFECTO.** Por lo visto, el futbol es un **IDIOMA UNIVERSAL**, porque los dos juegan como si se leyeran la mente. Él prefiere estar abajo, como defensa, pero sabe gambetear y armar jugadas, y le hace los pases a Juana en los momentos precisos. El entrenador también lo nota.

—Chicos, si repiten esto mismo el domingo podemos ganar. Sí, sí. Podemos ganar —dice Miguel, soñador—. Muy buen entrenamiento el de hoy, ¡los felicito!

JUANA SUSPIRA ILUSIONADA. ¡Sería genial ganar el campeonato!

Capítulo 13

El día de la final toda la familia de Juana está en la tribuna. Ni Lupe falta.

Mientras los varones están cambiándose en el vestidor, Juana espera afuera, con la mochila en la mano. Brian se acerca a saludarla.

—¡MIRA LO QUE LES HICE, JUANA! —dice mientras le muestra, orgulloso, un cartel enorme.

El dibujo tiene un naranjo en flor, dice con letras de colores "¡VAMOS LOS NARANJOS!" y al costado hay una chica metiendo un golazo.

—Ésa eres tú, ¿te gusta? Lo hice en la clase de arte. No seguiré jugando, pero sí voy a seguir apoyándolos desde la tribuna —dice Brian.

—ES GENIAL, ¡ME ENCANTA! —admite Juana emocionada mientras le bailan mariposas en la panza.

Brian y su familia se acomodan entre el público. Juana se cambia rápidamente, para poder sumarse al resto del equipo.

Cuando se acercan a la cancha, todos son un manojo de nervios. No juegan de locales y el club que los recibe está lleno de carteles que apoyan al equipo rival: LOS AROMOS. Juana se alegra de que Brian haya hecho semejante cartel: así se sienten más acompañados. Desde la tribuna, se escuchan GRITOS DE ALIENTO.

Sus familias los saludan y les sacan fotos como si fuera la final del mundial. Brian también saluda a Juana con los brazos en alto.

Cuando entra a la cancha, Juana se siente feliz, poderosa. COMO UNA CAMPEONA.

Al comienzo del partido, domina bien la pelota. Pero solamente durante los primeros minutos. Enseguida los rivales meten un gol de contraataque que desestabiliza al equipo. Los Naranjos son buenos, pero Los Aromos son claramente mejores: acostumbrados a llegar siempre a la final, se manejan con SEGURIDAD, son RÁPIDOS y HABILIDOSOS. Por momentos, parece que tuvieran más jugadores en la cancha: están en todos lados, tapando cada hueco. Juana no se logra desmarcar, Javier tampoco. Agustín ni siquiera consigue llegar a patear la portería, todas las jugadas quedan truncas en cuanto las inician.

Aunque JUEGAN A LA DEFENSIVA, a Los Naranjos les resulta imposible mantener a sus rivales alejados de su arquero. Julián se la pasa atajando tiros que parecen imposibles de frenar y, PARA SORPRESA DE TODOS, se convierte en la estrella del equipo.

Pasan los minutos y los chicos juegan prácticamente todo el primer tiempo replegados. Logran, apenas, responder a los ataques; pero están lejos de armar una ofensiva que los acerque a marcar el tanto. Aunque Miguel los hace rotar para tratar de conseguir algún resultado, el panorama no mejora. El equipo contrario mete un segundo gol con un zurdazo imposible de atajar. Y antes de poder recuperar el aliento, **UN TERCER TANTO DEJA EL MARCADOR 3 A 0.**

—¿Cuánto falta para que termine? —pregunta Juana desde afuera, agitada porque acaba de salir—. Estamos seguros de que solamente son cinco en la cancha, ¿no? **PARECEN MILES...** —se queja.

Por fin el árbitro marca el final del primer tiempo.

Los chicos salen abatidos y cansados. Casi no pueden hablar.

—Ya sé, fue un primer tiempo complicado. Difícil.

—¡No manches! Nos pasaron por arriba, güey —se queja Javier.

—No podemos ganarles ni de casualidad. Son más altos, más rápidos, juegan mejor —dice Agustín, desanimado.

—Si yo le hubiera hecho caso al primer "no puedes" ni siquiera estaría jugando aquí hoy. Pero no le hice caso y jugué y metí goles... y gané —dice Juana.

—¿Qué quieres decir? —pregunta Agustín a la defensiva.

—QUE HAY QUE SEGUIR INTENTÁNDOLO.

—Exactamente. Ganar es importante. ¿A quién no le gusta ganar? Pero ustedes ya ganaron al llegar hasta acá. ¿Se van a rendir solamente porque el otro equipo les sacó ventaja? **¿O VAN A PELEARLA HASTA EL FINAL?** Es cierto, quizás perdamos. Pero podemos decidir cómo queremos perder: nos damos por vencidos, les regalamos el segundo tiempo y nos quedamos con la duda de qué hubiera pasado si nos seguíamos esforzando o

DAMOS EL MÁXIMO Y PELEAMOS HASTA EL FINAL por el primer puesto. Ellos metieron tres goles en la primera mitad del encuentro. ¿Quién dice que no podemos hacer lo mismo nosotros en la segunda mitad?

—¿Pero cómo hacemos para darle vuelta al marcador, entrenador?

—Pases cortos. Quédense cerca. Intenten que no sea un riesgo entregarle la pelota a un compañero. Tienen que cerrarse, pegarse más y avanzar juntos hacia el arco. Y estar atentos: que tire el que mejor ángulo tenga. Si perdemos, igual ganamos porque quedamos en segundo lugar. Si achicamos la diferencia, GANAMOS PORQUE LOGRAMOS MEJORARNOS A NOSOTROS MISMOS. Si le damos la vuelta al marcador ganamos porque mostramos que todo resultado adverso puede cambiar CUANDO SE PONE EL CORAZÓN en el intento. La única forma de perder es darnos por vencidos ahora. ¿QUÉ VAN A HACER?

Capítulo 14

CUANDO SE PIERDE EL MIEDO A PERDER SE JUEGA DISTINTO. Los Naranjos entran a la cancha renovados. Tienen otra energía, otra fuerza en la mirada. Agustín, por primera vez en muchos partidos, no deja de estar atento a los MOVIMIENTOS de Juana, pero esta vez para ayudarla. Sabe que el triunfo depende de cuánto se apoyen TODOS EN EL EQUIPO.

En cuanto empiezan a jugar, le hacen caso al entrenador y se mueven juntos por la cancha, avanzando y retrocediendo lo necesario para encontrar un hueco que les permita patear al arco. Los pases cortos ayudan a mantener el control de la PELOTA, pero también a ganar confianza.

Un rival logra robarle la pelota a Lucas y busca entregársela a un compañero haciendo un sombrerito de taco. Pero Javier se interpone, RECUPERA LA PELOTA y sin dar tiempo a que el equipo contrario responda, gambetea a toda velocidad para acercarse lo máximo posible al arco. **JUANA CORRE A LA PAR,** lista para recibir cuando sea necesario, pero una marca excesiva hace que Javier termine en el piso. **EL ÁRBITRO COBRA TIRO LIBRE PARA LOS NARANJOS,** que no dejan pasar la oportunidad: Agustín saca, Juana recibe de zurda y tira fuerte a la portería con todas sus fuerzas. La pelota, imparable, se mete de lleno sin siquiera ser rozada por el arquero y **LA DIFERENCIA SE ACHICA** a 3 a 1.

El equipo FESTEJA y desde la tribuna se escuchan los cantos de sus familias y amigos. Juana distingue a Sara, que la saluda con alegría desde las gradas. Todavía tiene las mallas de ballet y el chongo. ¡Debe haber vuelto loca a su mamá de tanto insistirle para que la llevara al partido! Juana le devuelve el saludo, contenta.

El partido continúa y la diferencia sigue siendo mucha. Pero no por demasiado tiempo. En un intento desesperado por marcar otro tanto, Lucas logra interceptar la pelota y, en lugar de pasarla, patea directamente a la portería casi con los ojos cerrados. El arquero no la ve venir y ni siquiera llega a tirarse para alcanzarla. La pelota pega contra el palo superior y se mete directamente en la red.

—¡VAMOOOOS, NARANJOS! —grita Javier.

—¡Qué golazo, amigooooo! —lo abraza Juana.

El 3-2 pone nerviosos a Los Aromos, que no están dispuestos a perder, y entonces empiezan a jugar más agresivamente.

—Juana, Agustín, ¿alguno necesita salir? —pregunta el entrenador, que los ve cansados.

—¡NO! —dicen a la vez.

Pero el agotamiento empieza a ser cada vez más notorio. Gonzalo reemplaza a Lucas y aporta **ENERGÍA RENOVADA**. Sin perder ni un segundo, marca al delantero rival. Pero en lugar de ir directo a la pelota, lo presiona para llevarlo hacia el lateral de la cancha, a la espera de que se equivoque y pierda el balón. Por fin sucede: es saque lateral para Los Naranjos.

Javier toma la responsabilidad del saque y sin dudarlo se la pasa a Juana, que está cerca. **Y COMO SI NADA MÁS EN EL MUNDO IMPORTARA, ELLA CORRE HACIA LA PORTERÍA**. Con un amague supera la primera marca y **A PURA GAMBETA** logra dejar atrás la segunda. Pero la ventaja que consigue no la deja patear al arco, porque sus rivales le pisan los talones. Justo antes de perderla, se la entrega a Agustín con un pase alto que a él le permite cabecearla directo al arco.

EL TERCER GOL SE FESTEJA COMO SI HUBIERAN GANADO LA FINAL. No importa si terminaron en empate: le dieron vuelta al marcador y la felicidad no les cabe en el cuerpo. Todos **ABRAZAN** a Agustín y a Juana, porque saben que ese último tanto lo consiguieron los dos, jugando en equipo.

Cuando empiezan los penales, el nerviosismo invade hasta el aire. Jugadores, familias, amigos... nadie se anima ni a respirar mientras cada uno se posiciona para patear al arco.

Llega el turno de Juana y siente cómo le tiemblan las manos. Mira la pelota, cierra los ojos para acallar los sonidos que la rodean. Se concentra en el arco. Visualiza el tiro, la trayectoria del balón, el movimiento del arquero, el gol. Entonces, abre los ojos y CONVIERTE LO IMAGINADO EN REALIDAD. La pelota repite la trayectoria que tuvo en su mente y se mete en la esquina superior derecha.

Gonzalo y Lucas logran también el tanto. Y ningún contrincante falla el tiro.

Es el turno de Agustín, el último en patear. Se prepara, mira con seguridad al arquero rival, hace un trote suave hacia la pelota. Algo falla.

El botín se le atora, todo su cuerpo se traba y el tiro no sale limpio. La pelota va sin fuerza hacia el arco y una mano enguantada la frena sin demasiado esfuerzo.

EN SILENCIO y casi sin poder creerlo, Los Naranjos ven cómo el otro equipo celebra el triunfo dando gritos. LA COPA, ESTA VEZ, SE LES ESCAPA DE LAS MANOS.

Capítulo 15

Los chicos se reúnen a un costado de la cancha. Parecen abatidos. Tienen que esperar a que les entreguen la **MEDALLA** del segundo lugar, pero ninguno aguarda con alegría. Algunos se secan las lágrimas con disimulo. Juana toma agua para aflojar el nudo que siente en la garganta. Quedaron en segundo lugar, pero el ambiente no refleja nada de semejante triunfo.

—Es mi culpa. Perdón, chicos, no sé qué me pasó —dice Agustín con la voz acongojada.

—**NO ES TU CULPA**, los penales son así... a cualquiera de nosotros le podría haber pasado lo mismo. Además, metiste un golazo al final. No ganamos, pero **JUGAMOS BIEN** —lo consuela Juana.

—Chicos, escuchen, quiero que me miren con atención. Nada de andar cabizbajos o estar tristes o sentir que fracasaron, porque nada más lejos de la realidad. ¡Consiguieron el segundo puesto! **ESO ES UN GRAN LOGRO.**

UN ENORME LOGRO.

—Mi papá dice que el segundo lugar es para los débiles —susurra Agustín.

—Ése es un gran error. Que el equipo esté aquí, **POR PRIMERA VEZ EN LA HISTORIA**, esperando esas medallas que reconocen el valor de haber llegado al segundo lugar, es un motivo de festejo y orgullo. Y es un lugar importantísimo. No todo es llegar al primer puesto. Hay muchos equipos que quedaron en el camino. Ustedes dieron **LO MEJOR DE SÍ MISMOS**, jugaron en equipo, con respeto y compromiso, y consiguieron un resultado excelente. ¿Por qué estar tristes, entonces? ¿Qué le queda, si no, al primer equipo que perdió durante este torneo? ¿A cuántos equipos les ganaron ustedes para llegar hasta aquí, a este lugar?

—Es cierto, chicos. Jugamos muy bien hoy —admite Juana—. Y nunca habíamos llegado tan lejos. Yo creo que el próximo año la copa se queda con nosotros.

—Pero prométanme no volver a definir por penales, ¡me llenaron de pelotazos! —se queja Julián.

—Todos fueron jugadores EXCELENTES. Lo único que tengo para decirles es: ¡FELICITACIONES! Fue un gran partido.

VAMOS, ¡A FESTEJAR!

Hoy invito yo una ronda de refrescos para todos —dice Miguel y los chicos le sonríen contentos.

Pronto, los organizadores del torneo los llaman y les entregan las MEDALLAS que premian al equipo por el segundo puesto. Lucas empieza a cantar:

VAMOS, VAMOS, LOS NARANJOS
VAMOS, VAMOS A FESTEJAR
QUE ESTA PORRA DOMINGUERA
NO NOS DEJA, NO NOS DEJA DE ALENTAR,

y todos lo acompañan felices.

El padre de Agustín, sin embargo, aparta a su hijo del grupo.

—¿Cómo pudiste fallar ese penal, con todo lo que practicamos? ¡Hasta la niña esa metió el gol! ¿¡Cómo puede ser que una niña te supere!? No te educo para que seas un PERDEDOR.

—Esa niña SE LLAMA JUANA y lo metió porque es buena jugadora. Pero además es muy buena COMPAÑERA y es mi AMIGA. Yo no soy un perdedor y mi equipo tampoco. Ganamos el segundo puesto

Y ESO ES MUCHO.

Lucas, que escucha la conversación, abraza a Agustín y lo lleva a festejar con el resto del equipo. La abuela de Juana corta el tradicional pastel de chocolate. Su mamá y su papá ayudan a repartir los refrescos entre los chicos, que ya están comiendo las mandarinas.

La mamá de Lucas propone que Miguel haga un brindis.

—Por los amigos que acompañan —dice mirando a Brian—, por los que se suman —y mira a Javier—, POR LOS QUE DEJAN EL CORAZÓN EN EL JUEGO —y se dirige a Juana—, por un equipo de campeones, que están aprendiendo que el segundo lugar también es un triunfo.

¡SALUD Y FELICITACIONES PARA TODOS!

—¡Salud! —dicen chocando los vasos de plástico.

—Hoy jugaste bien, Juana. Qué pena que te queden uno o dos años nada más en este equipo... ahora que por fin estás casi a la par que el resto de los jugadores sería una pena que te fueras —dice irónico el padre de Agustín—. Como sabrás, la liga no acepta mujeres en los equipos mayores.

—Juana es **UNA GOLEADORA** nata, siempre ha jugado bien y lo que es más importante, es una gran compañera. Nunca va a dejar de tener lugar en este equipo —responde Miguel.

—Y si las reglas no la dejan jugar, tendremos que cambiarlas —afirma Agustín.

—Es cierto, Juana es nuestra Messi —dice Lucas abrazando a su amiga.

—Messi, no. A lo sumo Mónica Ocampo —agrega el padre de Juana, guiñándole el ojo a su hija.

—No, ni Messi ni Ocampo. ¡Con ser Juana me basta! —responde y agrega mirando al padre de Agustín—. Y si algún día no me dejan jugar con varones… **ENTONCES FORMARÉ MI PROPIO EQUIPO DE CHICAS.**

—No es mala idea, Juana. No es mala idea, para nada —admite el entrenador, mientras da play al equipo de música. "We are de champions" vuelve a inundar el lugar, mientras todos los chicos se quejan, una vez más.

Índice

Juana la futbolista de Evelina Cabrera
se terminó de imprimir en septiembre de 2021
en los talleres de
Impresora Tauro, S.A. de C.V.
Av. Año de Juárez 343, col. Granjas San Antonio,
Ciudad de México.